Ye

2345

LE COMBAT

DONNE' DANS LES LIGNES
prés d'Arras, par l'armée du Roy.

En Vers-Burlesques.

BIBLIOTHEQUE

ACQVISITION N°

Tandis que je me sens en train,
Et que j'ay la plume à la main,
Acheuant de parler en prose
D'vne fort agreable chose:
A sçauoir du salut d'Arras,
Malgré ce Monstre à tant de bras,
qui pensoit en faire sa proye,
Il faut, pardienne que je voye
Si pour vn peu me delasser
Ie pourray de mesme en tracer
Deux ou trois petits mots en rimes
Soient-elles basses ou sublimes.
Car aussi bien estant Ieudy,
Nous approchons de Samedy,
Où la Muse Heroï-comique
Doit au MONARQVE LVDOVIQVE
Montrer son soin accoûtumé,
Bien que je sois fort enrhumé:
Et puis, comme on dit d'ordinaire,
Chose faite n'est pas à faire.
  AINSI que par vn coup de vent,
Comme il arrive assez souvent,

A

Vn Vaißeau penſant jetter l'anchre,
Ou ſur le point meſme qu'il anchre,
Pres d'vne Iſle, en eſt écarté
Et rapidement tranſporté
A je ne ſçay combien de lieuës
Par des routes moüettes & bleuës :
De meſme en ſaine verité
Les ſieurs Eſpagnols ont eſté
Eloignez de ladite Ville,
Lors qu'ils penſoient, ſelon leur ſtile,
Eſtre tous preſts de s'en ſaiſir,
(Dont je n'ay pas peu de plaiſir)
Non par aucun coup de Fortune
Venu de la part de Neptune,
Car ils n'eſtoient point deßus l'eau,
Ni dans navire ou dans vaißeau,
Ni dans galere ou galeaße,
Ou Dieu pardon point ne me faße,
Ains en terre ferme emboëtez,
Tant fantaßins que gens montez,
Ainſi que ſont en leurs coquilles
Les limaçons & non chenilles.
Ce fut donc par vn noble effort
Que de TVRENNE preux & fort,
Le Grand la FERTÉ SENETERRE
Et d'HOCQVINCOVR ſi brave en guerre,
Firent dans leurs retranchemens,
Le jour vingt-cinq, ſi je ne mens,
Apres quelque auis ou memoire
Qu'on m'a donné de cette Hiſtoire.

Ce fut, dit-on, dés le matin
Qu'ils firent ce beau coup de main,
Et que d'Hocqvincovr par bravade
Commença cette camisade:
Donnant au quartier des Lorrains
Deßus ces malheureux humains
Auecque tant de vehemence
Que sans faire de resistance,
Ils plierent tous à l'abord,
Et consentirent à leur mort.
Or, la Dame Caualerie
A peine eut vû l'Infanterie
Lâcher le pied si prestement,
Que sans aucun raisonnement,
Iugeant bien qu'elle estoit défaite,
Elle resolut sa retraite
Auec le Prince de Condé,
Qui se voyant mal secondé,
Apres s'estre donné la peine
De revenir contre Turenne
A la charge, des fois bien six,
Où maints des siens furent occis,
Crût fermement que la Fortune
Luy vouloit en donner là d'vne:
Et resolut fort bien & beau,
Pour n'y pas treuuer son tombeau,
De faire ceder, comme sage,
A son salut, son grand courage.
Aussi, Dieu me fasse mourir,
S'il eust eu gloire de perir

En vne si méchante cause;
Mais tout beau, Muse, bouche close;
Et seulement avec douleur
Plaignons sa faute & son malheur.
S'il eust combatu pour la France,
Et son bon-heur, & sa vaillance
L'auroient rendu victorieux,
Comme il fut jadis en tous lieux,
Alors qu'il combatoit pour Elle
Avecque vn fort loüable zele :
Mais (dont je n'ay pas peu d'ennuy))
S'armant comme il fait aujourd'huy,
A l'encontre de nostre France,
Et son bon-heur & sa vaillance
L'abandonneront en tous lieux
A la loy des victorieux.
En vain donc l'Espagnole race
Pense relever son audace
Dessus le bras de ce Heros,
Quoy qu'il vaille tout seul vn Os :
Car il estoit nay pour la batre,
Et pour la vaincre & pour l'abatre,
Non pour combatre en sa faueur,
Et pour deuenir son Sauveur.
Crions donc, Muse, avec grand zele,
Au regnard, elle en a dans l'aile.

Du 29. Aoust 1654.

Ayant appris depuis Ieudy
Iusqu'à ce jourd'huy Samedy,

Et

Et mesme encor écrit en Prose
Tout le Tu autem de la chose,
C'est à dire, du grand sabat
Arrivé par le grand combat
Donné par nos Gens, d'honneur dignes,
Dedans les Espagnoles Lignes;
Et comment en fort peu de temps,
Par maniére de passe temps,
On en fit vîte faire gille
Aux nobles troupes de Castille,
I'en vais mon epistre remplir,
Ou bien, pour mieux dire, accomplir.
Nos Généraux par leur prudence
Ayans retenu leur vaillance
Autant qu'il estoit à propos
De la laisser dans le repos,
Et reconû l'heure opportune
Que la Victoire & la Fortune
Leur sumbloit donner le signal,
Ils monterent tous à cheval
Le soir du jour vingt-quatriéme:
Et firent dedans l'instant mesme
Filer adrétement leurs gens,
Par lieux cachez ou faux fuyans,
De crainte que l'Hostile armée
N'en eust quelque vent ou fumée.
Comme Crapule neantmoins
N'assoupissoit guere ses soins,
Et que plutost la faim cruelle
La tenoit toûjours en cervelle,

Avant que l'on fuſt à l'endroit
Où l'on penſoit donner tout droit,
De ſon Canon la voix tonnante,
Et la Trompéte clair-ſonnante
Fit voir qu'elle n'ignoroit pas
Qu'on guidoit vers elle ſes pas.
En redoublant donc diligence,
Incontinant ſur cette Engeauce
Turenne, par cinq Bataillons
Soûtenus de quatre eſcadrons,
Fit faire décharge auſſi rude
Qu'on puſt faire pour le prélude,
Comme on m'a dit, tout vis-à-vis
Le Quartier Fernando Solis,
Quartier de la Gent Caſtillane
Qui peur de s'échauffer va piane.
Bien toſt apres de la Ferté
Donnant auſſi de ſon coſté,
Au lieu choiſi pour ſon ataque,
Avec la force dont il frape,
En fit tomber deſſous ſon bras
De morts & bleſſez à gros tas:
Et d'Hocquincour de meſme en ſuite,
Maint en oceit on mit en fuite,
Dans le premier retranchement:
Si qu'ils paſſerent promptement
Sans recevoir de reſiſtance,
Qui fuſt de fort grand' importance,
Iuſqu'au bord du premier foſſé.
L'ennemi s'eſtant efforcé

De montrer là quelque courage
Pour en empescher le passage,
Y fit d'abord assez grand feu,
Mais sa vigueur dura tres-peu :
Et nos gens, sans y prendre garde,
En lui faisant mainte nazarde,
Se jetterent dans ce fossé :
D'où chacun s'estant élancé,
Comme s'il avoit eu des ailes,
A la faveur de nos échelles,
Sur les Lignes des assiégeans,
Apres avoir en peu de temps,
Avecque encor force hargarades,
Defait toutes les palissades,
Et mesme les fossez comblez,
Nos Chevaus ailiez & zelez
Tout fort alaigrement entrerent
Et plusieurs regimens pousserent,
Tant que le grand Falot du Iour
Commançast son oblique tour :
Car tout ce que je viens d'écrire
S'executa pendant l'empire
De Madame la brune Nuit,
Où la bonne Lucine luit.
Comme donc le Porte-Lumiere
Vint à r'entrer dans sa carriere,
De Condé, qui par cas fortuit
N'avoit rien sceu de ce deduit,
En ayant lors eu la nouvelle,
Non sans vne trance mortelle,

Parut sur vn cheval fougueux,
Pour essayer d'arrester ceux
Qui poursuivoyent avec furie
L'Espagnole cavalerie.
Mais l'infortuné Genereux
Fut ataqué d'vn plus heureux,
Lequel, combatant pour la France,
Ne pouvoit manquer d'esperance
D'avoir la Victoire pour luy :
C'est de Turenne qu'aujourd'huy
Ce salut d'Arras tant renomme
Que plus que jamais, on le nomme,
Grand Capitaine & grand Guerrier.
Luy donc plein d'vn courage altier,
Le pauvre, Condé vous assaille,
Qui de maint estoc & de taille
Se défend avec force cœur :
Mais cede enfin à son Vainqueur,
Et fait, malgré lui, la retraite
Que l'Archiduc avoit ja faite
Avec Füensaldaigne aussi,
Sans beaucoup se soucier si
Pour eux, il exposoit sa teste
En bute aux coups de la tempeste.
Voila doncques nos Assiegeans
Qui faisoyent tous les braves gens,
En deux heures, mis en déroute :
Pas vn ne montre avoir la goute,
Tant il sçait bien gangner au pié :
Mais maint demeure estropié,

Maint

Maint roide mort deſſus la place,
Maint qui voudroit le coup de grace,
Ayant jambes & bras caſſez
Et tous les membres fracaſſez,
Leur camp eſt plein de funerailles,
Tant de leurs Chefs que des canailles :
D'autres juſques à dix milliers,
Tant fantaſſins que cavaliers,
Tant ſoldats comme Capitaines,
Tant plates que pleines bedaines,
Tant humbles que courages fiers,
Sont faits des noſtres priſonniers :
Leurs canons bien ſoixante-quatre,
Dont ils faiſoyent le Diable à quatre,
Tout à l'entour du pauvre Arras :
Item, pour ne l'oublier pas,
Vingt-&-ſix fort leſtes carroſſes,
Atellez de beſtes non roſſes,
Nombre infini d'autres chevaux,
Et le meuble des Generaux,
Garni de nipes aſſez bonnes
Pour enrichir pluſieurs perſonnes,
Sont auſſi demeurez au jeu
Quoy qu'ils en ſoyent fâchez vn peu.
Voilà donc je croy la Victoire,
Et, dont ſoit à Dieu rendu gloire,
Ils crient Miſericordia,
Et nous chantons Alleluya.
Noſtre victorieuſe Armée
Void enfin ſa peine charmée,

Par vn ample & riche butin
Qu'elle partage à pleine main:
Là, vaisselle d'argent éclate,
Icy, maint habit d'écarlate
Se découvre à l'œil du soldat,
Dequoy d'aise le cœur lui bat,
Ailleurs, force belle monnoye
Ne luy cause pas moins de joye:
Enfin, partout de beaux bijoux
Luy font trouver ses maux bien doux,
Et benir cent fois la journée
Qui les garnit pour vne année,
Mesme en loüer nos ennemis,
Ausquels ils offrent à ce prix
D'aller souvent donner aubade,
Ou, s'ils veulent, la sérenade:
Estans prests & matin & soir
A ce prix de les aller voir.
O prudent & vaillant Turenne
Qui n'avez artére ni veine
Qui ne soit pleine du beau sang,
Qui rend vn cœur guerrier & grand.
Grand Mareschal & digne Prince,
Pour vous toute loüange est mince:
Vous merveilleux de la Ferté,
Pour vous le dire en verité,
En cet endroit voftre courage
Pareft avec tant d'avantage,
Qu'on ne vous peut, & c'eft abus,
Affez loüer, fuft-on Phœbus.

Brave d'Hocquincour, *tout de* mesme,
Vostre proüesse estant extresme,
Ie vous le dis, sans vous flater,
On ne peut assez haut porter
La gloire par vous meritée
Dedans cette action passée.
Vous aussi, ravissans Guerriers,
Nobles moissonneurs de Lauriers,
Vous avez rendu dans les Lignes
Vos courages si fort insignes,
Que dire, vous avez bien fait,
Seroit ne rien dire en effet.
LOVIS, dés LOVIS la merveille,
De qui la gloire est sans pareille,
Comme ce fut vostre bon-heur
Qui rendit vostre Camp vainqueur,
Ie prédiray que vostre vie
Sera de miracles remplie.
O Reine, illustre en pieté
Autant qu'en sagesse & bonté
Combien sur vous cette Victoire
Espanche de rayons de Gloire;
L'ayant fait descendre des Cieux
Par vos vœux tous victorieux!
Charmante ALTESSE, & Frére aima-
De ce LOVIS incomparable,   (ble,
O que de lustre & que d'honneur
Vous vient aussi de son bon-heur,
Pour payer la joye & les festes
Que vous faites de ses Conquestes!

Intelligence de l'Eſtat
Et qui luy rendez tant d'éclat,
Par voſtre admirable ſageſſe,
GRAND IVLE, je dis, ſans fineſſe,
Pour parler de vous dignement,
Que vous paſſez le Grand ARMAND.

Or, comme la réjoüiſſance
D'vn ſuccez de telle importance,
En cette ville ſe fit voir
Par chacun ſelon ſon pouvoir :
Aſſez proche des Tuilleries
Lieu des belles galenteries,
Saint Malo, du ROY ſerviteur
Et meſme ſon Ingénieur,
Fit joüer vn feu d'artifice
Où, par vn aimable caprice
Eſtoyent les Chifres, Armes, Nom
De ce Monarque de renom :
Au reſte rempli de fuzées,
Qui dans les voutes azurées
Enfanterent Aſtres nouveaux,
Et meſmement des ſerpenteaux :
Dont ceux-ci tintamarre firent,
Puis tous dans l'air s'évanoüirent.
Grand nombre auſſi de Pots à feu
Ioüerent, cependant, beau jeu,
Comme firent pluſieurs Girandes

Des Lances de flame fort grandes,
Des Sauſſiſſons ſans poivre & lard,
En vn mot, maint & maint petard,
Et ſix petites coulevrines,
Fort mignonnes & fort poupines,
Et ſeulement, pour parler net,
Propres deſſus vn cabinet.
Du Moutier, Peintre du Monarque,
Lequel, pour favorable marque
Qu'en oubli ſon nom il n'a pas,
L'appelle toûjours Nicolas:
Laramberg Sculpteur dudit SIRE,
Et fort ſoûmis à ſon Empire,
Clinchamp auſſi ſon Officier,
Enfin, pour n'en point oublier,
Belot Maiſtre d'artillerie,
Et Ieſſé, cinq, ſans flaterie,
Tres-gentils & joyeux humains,
Y firent boire des deux mains,
Tant ſpectateur, que ſpectatrice,
De ce tout Royal artifice,
A la tres-aimable ſanté
De Son Auguſte Majeſté.
Sur tous, du Moutier fit pareſtre
Combien il aime ce cher Maiſtre,
Provoquant allans & venans,
Et de tout Séxe & de tous rangs
D'en faire raiſon autentique,
En flûtant à la Germanique.
I'eſtois par mon Dieu convié,

D

Voire bien fortement prié,
De me trouver à cette feste :
Mais Monsieur rhume & mal de teste
Me firent jetter dans mon lit,
Non pas sans crever de dépit.
O Grand LOVIS ! daignez le croire,
Et me souffrez toujours la gloire,
De me dire, ô mon bon Seigneur,,
Vostre humble sujet & Rimeur.

FIN

www.ingramcontent.com/pod-product-compliance
Lightning Source LLC
LaVergne TN
LVHW050433060726
842526LV00007B/2572